Árvores

Para Marysia, Janek, Blanka e Eryk

Piotr Socha
Wojciech Grajkowski

Árvores

Tradução
Eneida Favre

wmf martinsfontes

A ÁRVORE DA VIDA

As árvores são os maiores organismos vivos na Terra. Aos pés de uma sequoia-gigante, um ser humano ou mesmo a mais alta girafa parecem bem pequenos. Até os imensos dinossauros que antigamente habitavam o nosso planeta poderiam se esconder em sua copa. A idade das árvores também impressiona. Algumas espécies chegam a viver centenas e até milhares de anos! Quando uma pessoa é centenária, consideramos que ela viveu bastante, mas, para essas árvores, cem anos é apenas o começo da vida. O velho carvalho que viu nascer o nosso bisavô tem grandes chances de sobreviver aos nossos bisnetos.

As árvores demonstram que a natureza tem uma força extraordinária, que faz sementes minúsculas se transformarem em plantas altas e majestosas. Em climas moderados, seus galhos se enchem de folhas verdes e se cobrem de flores a cada primavera. Passado algum tempo, dão frutos e, antes que o inverno chegue, perdem suas folhas, para que todo esse ciclo possa recomeçar no ano seguinte. Por fim, a árvore velha morre, mas logo depois nasce uma nova em seu lugar. Afinal, tudo o que vive na Terra morre e renasce.

Não é de admirar que diversos povos consideram as árvores sagradas, dotadas de poderes mágicos e até habitadas por espíritos. Um dos incontáveis exemplos da presença das árvores na cultura e na arte são as "árvores da vida" mexicanas (como esta na ilustração ao lado): esculturas de argila, em forma de árvores, em cujos galhos frondosos são representados vários personagens, eventos e símbolos. Apesar de suas cores alegres, elas geralmente mostram conteúdos sérios, como cenas do Antigo Testamento ou representações simbólicas da vida e da morte.

Faz séculos também que as árvores vêm ajudando as pessoas de forma bastante prática, sobretudo como fonte de madeira, um material que continua sendo considerado valioso e nobre – apesar de o plástico se tornar cada vez mais popular. A madeira é usada para fazer objetos grandes e pequenos de uso cotidiano, obras de arte, todos os tipos de construções e ainda para produzir papel, que é usado em livros como este. Poderíamos até dizer que a madeira acompanha o homem desde o nascimento até a morte, pois a madeira é usada tanto nos berços dos recém-nascidos quanto nos caixões em que repousam aqueles que nos deixam.

Aquilo que vemos todos os dias acaba se tornando tão comum aos nossos olhos que pode passar despercebido. Estamos habituados a ver as árvores e a usar os objetos feitos delas e, por causa disso, muitas vezes não notamos sua beleza, como podem ser fascinantes e o quanto devemos a elas. Que tal, então, descobrir mais a respeito desses seres extraordinários?

Uma árvore não seria uma árvore se não fosse por seu caule lenhoso, isto é, seu tronco. O tronco eleva os galhos folhosos o mais alto possível para que as outras plantas não lhe bloqueiem a luz. Dentro dele ocorre um movimento constante: a água captada pelas raízes flui para cima, enquanto as substâncias produzidas pelas folhas são transportadas para baixo. A cada ano, o tronco da árvore aumenta tanto em altura quanto em espessura, e assim ele vai ficando mais forte para conseguir sustentar os galhos, que também continuam a se desenvolver. Em muitas espécies, quando o tronco é cortado, podemos ver os anéis de crescimento, que marcam esse aumento anual da espessura da árvore (ver quadro 17). Por outro lado, no caule das iúcas e dracenas (ver quadros 7 e 8) não há anéis, e suas copas são igualmente atípicas: os galhos, que terminam em penachos de folhas, constituem bifurcações do tronco, em vez de brotarem das laterais dele.

Existem também plantas cujo tronco cresce para o alto, mas não engrossa. É o caso, por exemplo, da maioria das palmeiras, aloés e samambaias arbóreas. Do ponto de vista científico, elas não podem, portanto, ser consideradas árvores. Na samambaia arbórea *Dicksonia antarctica*, a parte externa do tronco é formada por uma trama de muitas raízes finas, que crescem por baixo do penacho de folhas e chegam até o solo. O seu interior é constituído principalmente pelas partes mortas da planta. Portanto, a *Dicksonia* é na verdade uma samambaia comum, mas que cresce em um monte de adubo que ela mesma acumulou.

A propósito, existem mais pseudoárvores como essas. Alguns cactos atingem uma altura de mais de dez metros e fazem o papel de árvores de verdade para as aves do deserto, que formam ninhos em suas cavidades. Seu caule, porém, não é um tronco. Em vez de madeira, dentro do seu caule há uma polpa suculenta e enrijecida, com apenas algumas "varetinhas" lenhosas.

Os bambus podem formar florestas inteiras, mas são meras gramíneas. Sua estrutura lembra muito seus "parentes" menores, como o capim – têm o mesmo interior vazado nos caules e nós característicos. A bananeira também não tem tronco. Aquilo que parece um tronco é formado pelo que restou após a queda das folhas e, depois de cortado, parece mais com uma cebola do que com madeira. O "caule" de alguns metros da *Agave americana* é apenas um broto florido, que se desenvolve somente uma vez em toda a vida da planta.

Os arbustos são mais baixos que as árvores e, em vez de um caule evidente, têm muitos caules finos e lenhosos. Mas, como também há árvores que parecem ter vários troncos, a diferença entre uma árvore e um arbusto nem sempre é tão evidente.

"Se você não comer, não vai crescer!", costumamos dizer às crianças, pois é isso o que acontece com as pessoas. Mas não com as árvores. Elas crescem e atingem dimensões gigantescas, mesmo sem comer nada. Para viver, elas precisam apenas da água, retirada do solo pelas raízes, da luz do sol e do ar, que elas absorvem pelas folhas. Podemos dizer que as raízes e as folhas são as partes mais importantes da árvore. Todo o resto – o tronco, os ramos e galhos – serve apenas para interligá-las e para elevar as folhas o mais alto possível na direção do Sol.

Por que as folhas são tão importantes? Primeiro, porque elas coletam o gás carbônico que sai constantemente dos nossos pulmões, das chaminés e dos automóveis. Esse gás entra nas folhas através de aberturas microscópicas, normalmente localizadas em sua parte inferior. Em segundo lugar, as folhas contêm clorofila, ou seja, um pigmento verde que absorve a luz do Sol. Elas usam a energia da luz solar para produzir açúcares a partir do gás carbônico e da água provida pelas raízes. Esses açúcares, em seguida, vão alimentar o tronco, os galhos e as raízes. É isso mesmo! Pode até ser difícil de acreditar, mas mesmo as árvores mais imponentes se desenvolveram apenas com ar, luz e água!

Além disso, durante esse processo que ocorre nas folhas, é produzido e liberado no ar o oxigênio – esse gás de que todas as pessoas e todos os animais precisam para respirar. Basicamente, a folha faz o contrário do fogo, que queima a madeira, consome o oxigênio e emite o gás carbônico, que vai para o ar. As folhas, por sua vez, absorvem o gás carbônico do ar e produzem o oxigênio e as substâncias necessárias para gerar a madeira. Tudo estaria em perfeito equilíbrio, não fosse o fato de o fogo destruir em poucas horas aquilo que a árvore levou anos para produzir.

As folhas crescem em todas as árvores, e não apenas naquelas que chamamos de folhosas. As agulhas das coníferas, por exemplo, também são folhas: mesmo com uma estrutura um pouco diferente, elas ainda cumprem as mesmas funções. Em geral, as folhas são muito diversas: desde as pequeninas escamas que recobrem os brotos das tuias ou dos ciprestes até as folhas imensas das ráfias, que podem ter mais de vinte metros de comprimento (ver quadro 14). Muitos gêneros (por exemplo, *Gymnocladus* ou *Grevillea*) têm folhas que se assemelham a galhos inteiriços, mas isso é só aparência. Cada ilustração no quadro ao lado representa apenas uma única folha!

A principal tarefa das raízes é absorver a água e os sais minerais do solo. A água, então, flui por vasos fininhos que formam a madeira, percorre todo o tronco e os galhos e finalmente chega a cada folha, até a menor delas. A segunda função das raízes, também muito importante, é manter a árvore presa ao solo, de modo que o vento não a derrube. Algumas árvores particularmente altas, como as sumaúmas, formam raízes adicionais robustas, também conhecidas como sapopemas, que crescem acima do solo para sustentar o tronco. Por sua vez, a palmeira sul-americana paxiúba (*Socratea exorrhiza*) se apoia em suas raízes-escoras como uma palafita. Uma das hipóteses para explicar essa característica é que dessa forma ela consegue ficar mais alta, sem desperdiçar energia na formação de um tronco grosso.

Os mangues, ou manguezais, também têm uma aparência muito original. Eles crescem ao longo do litoral, onde o terreno é quase sempre alagado. Muitas espécies, tais como o mangue-vermelho, precisam de raízes-escoras para resistir ao impacto das ondas. Outra característica do solo das áreas de mangue é o baixo teor de oxigênio. Assim, para respirar, as raízes emergem acima da superfície e extraem o oxigênio diretamente do ar. Na espécie *Sonneratia alba*, as raízes respiratórias assumem a forma de várias "estacas" que brotam do chão ao redor dela.

A raiz também pode ser uma arma mortal. A figueira-de-bengala, ou pipal (*Ficus benghalensis*), é uma espécie cujas sementes são levadas pelos pássaros até a copa de outras árvores e ali germinam. Nos galhos alheios, elas têm um bom acesso à luz do Sol, enquanto a água é garantida pela chuva. Desse modo, suas raízes vão crescendo e envolvendo o tronco da árvore hospedeira até chegarem ao solo e nele se aprofundarem. Com o tempo, essas raízes vão se tornando cada vez mais grossas até que a pobre árvore que hospedou a figueira-de-bengala morre com esse abraço mortal. Anos depois, o único vestígio da árvore hospedeira é um espaço vazio no tronco da figueira que a estrangulou e tomou o seu lugar. Dos galhos mais antigos das figueiras-de-bengala, por sua vez, brotam raízes que vão crescendo para baixo e, quando alcançam o chão, se transformam em outros troncos. A imensa figueira-de-bengala que cresce na cidade indiana de Haura (no estado de Bengala) parece uma floresta inteira. Ela tem mais de 3.700 troncos, e todas as suas copas juntas têm mais de quinhentos metros de diâmetro.

Na Índia, as pessoas constroem pontes vivas com as raízes da árvore-da-borracha (*Ficus elastica*). Primeiro, são colocadas estruturas de madeira acima do rio, e as árvores que crescem na margem enlaçam nelas as suas raízes, criando assim a passarela e os corrimãos. Ao contrário de outras construções, as pontes vivas se reparam sozinhas e, com o passar dos anos, tornam-se cada vez mais fortes – algumas delas estão em uso já há alguns séculos.

Raízes-escoras da paxiúba (*Socratea exorrhiza*)

Raízes de um velho fícus

Raízes de figueira-de-bengala (*Ficus benghalensis*) estrangulando outras árvores

Quadro 4

RAÍZES

Sapopemas de uma sumaúma (*Ceiba pentandra*)

Sapopemas de um mangue (*Heritiera littoralis*)

Raízes de apoio do mangue-vermelho (*Rhizophora mangle*)

Ponte feita de raízes da árvore-da-borracha (*Ficus elastica*)

Raízes respiratórias (pneumatóforos) do mangue *Sonneratia alba*

Raízes adventícias da figueira-de-bengala formando novos troncos

cone (pinha) verde do abeto

frutos da sorveira

bolota (fruto) do carvalho (*Quercus robur*)

As árvores, como todos os organismos, vivem de acordo com o ritmo das estações do ano. Na verdade, elas não têm outra escolha, pois quem não se adapta às condições ambientais perde a luta pela sobrevivência.

A primavera é a estação em que as árvores geram novas folhas e florescem. Muitas espécies – por exemplo, a sorveira-brava (representada na ilustração) – atraem insetos polinizadores com suas flores vistosas e perfumadas. Também existem plantas que são polinizadas pelo vento, que em geral têm flores pequeninas e bastante discretas – como o abeto e o carvalho (também mostrados na ilustração). No verão, as árvores capturam intensamente os raios solares e criam reservas de substâncias nutritivas, enquanto as flores que foram polinizadas se transformam em frutos ou pinhas (também conhecidas como cones), que amadurecem lentamente e escondem dentro deles as sementes.

Cada espécie dissemina suas sementes em momentos diferentes. As pinhas do abeto se desmancham no outono, e suas sementes aladas então se desprendem e são levadas pelo vento. Nessa mesma época, os frutos do carvalho – as bolotas – caem dos galhos. Os esquilos, os gaios e outros animais os enterram no chão para ter um estoque de comida no inverno; porém, depois, nem sempre conseguem encontrá-los. Então, na primavera, desses petiscos esquecidos podem brotar novas árvores. Os frutos da sorveira, por sua vez, aguardam pacientemente nos galhos até que algum pássaro faminto os engula, carregue-os em sua barriga e, depois, excrete as sementes, plantando assim uma nova sorveira. Outras árvores esperam até a primavera para disseminar as sementes. Nessa estação, os cones do pinheiro se abrem, espalhando sementes que logo começam a germinar.

E por que as árvores perdem suas folhas no outono? A água evapora constantemente através de pequenos poros na parte inferior da folha. Isso não é um problema quando, ao mesmo tempo, a árvore é reabastecida pelas raízes. Mas, durante um inverno muito frio, as raízes não funcionam tão bem. E é mais difícil para elas conseguir água, que, em vez de penetrar no solo, permanece na superfície, em forma de neve. Em climas quentes, por outro lado, falta água durante a estação seca. Em ambos os casos, muitas árvores precisam abandonar as suas folhas por algum tempo para não desidratarem. Antes da queda, é comum as folhas sofrerem alterações químicas, que lhes conferem, como efeito secundário, belos tons de dourado e vermelho. As árvores coníferas, por sua vez, são verdes no inverno porque suas folhas são muito mais resistentes ao ressecamento, e suas copas estreitas, com ramos ligeiramente curvados para baixo, não retêm a neve, que simplesmente desliza por elas. Se as árvores folhosas também tentassem permanecer verdes durante o inverno, seus ramos ficariam cobertos de neve e quebrariam com o peso dela.

Talvez a última coisa que podemos supor em relação às árvores é que elas tenham uma tendência a viajar. No entanto, cada uma delas já foi um dia um embrião microscópico no interior de uma semente, que fez então uma única viagem, porém muito importante. O provérbio diz: "O fruto não cai longe da árvore." E, no caso das espécies plantadas pelo homem, os frutos caem mesmo debaixo da árvore da qual surgiram. Mas as macieiras-bravas têm suas maneiras de impedir que isso aconteça, ou a jovem árvore teria de competir pela luz com sua própria mãe. Seus frutos são bem menores e uma iguaria para as aves. Então as sementes viajam no estômago dos pássaros e são expelidas nas fezes deles, dessa forma elas são transferidas para o solo já com o fertilizante. Essa mesma estratégia é usada por várias espécies de árvores – elas dão frutos suculentos e perfumados, na maioria das vezes vermelhos, azuis ou pretos, para que possam ser vistos mais facilmente em contraste com o fundo verde da folhagem.

As árvores também podem contar com outros disseminadores, tais como os macacos, os ursos e os grandes morcegos comedores de frutas. Em meados do século XIX, a extinção das tartarugas-gigantes que viviam em Île aux Aigrettes, uma ilha na República de Maurício, teve consequências desastrosas para o *Diospyros egrettarum*, uma variedade de ébano nativa da ilha. O problema é que os outros animais locais não são grandes o bastante para comer seus frutos e disseminar as sementes. Foi apenas em 2000, quando trouxeram outra espécie de tartaruga-gigante, nativa das Seicheles, que a situação se resolveu.

Muitas árvores produzem sementes e frutos que podem ser carregados pelo vento. Normalmente eles estão equipados com asinhas (por exemplo, nas coníferas e nos bordos) ou pelugem (como nos plátanos), que os fazem cair mais lentamente e, como consequência, voar mais longe. O momento em que eles são liberados também é importante: nos locais onde os incêndios florestais naturais ocorrem com frequência, é melhor que a liberação seja feita assim que as cinzas esfriarem. É por isso que os cones das sequoias-gigantes e de muitas espécies de pinheiros, bem como os frutos dos eucaliptos, se abrem para dispersar as sementes apenas quando expostos a altas temperaturas.

As sementes também podem viajar pelo mar, ainda que isso não seja tão comum. Entre os frutos que flutuam na água, estão os das cerberas e dos coqueiros. No entanto, após centenas de anos de cultivo pelo homem, as versões atuais do coco, embora sejam mais nutritivas, não flutuam tão bem quanto seus antepassados selvagens. De todo modo, os cocos não precisam mais se esforçar tanto, pois, hoje, as pessoas se encarregam de disseminá-los. O açacu (*Hura crepitans*) é muito mais independente. As frutas maduras secam e estouram, fazendo um ruído característico e espalhando suas sementes.

araucária-dos-andes
(*Araucaria araucana*, Andes)

babosa arbórea
(*Aloidendron dichotomum*, África do Sul e Namíbia)

Alluaudia procera
(Madagascar)

Pennantia baylisiana
(Ilhas Três Reis)

palmeira-leque
Licuala grandis
(Melanésia)

Algumas espécies de árvores são encontradas em áreas bastante vastas, como a bétula-branca, presente tanto na Europa Ocidental como na Sibéria. Outras, ao contrário, crescem espontaneamente apenas em áreas bem restritas, como a bétula-do-japão (*Betula grossa*), que é encontrada somente no país que lhe dá o nome. Esse fenômeno, em que uma espécie ocorre exclusivamente em determinada região, é chamado de endemismo, e esses seres, em consequência, são classificados como endêmicos. Mas esse termo não se refere somente às árvores. Os quivis, aves, que vivem unicamente na Nova Zelândia, ou os nerpas, focas encontradas apenas no lago Baikal, na Sibéria, também são espécies endêmicas.

Os lugares onde ocorre endemismo são sempre aqueles que, de alguma forma, estão separados do restante do mundo, como ilhas remotas ou áreas cercadas por montanhas muito altas. Nessas condições, as árvores não podem se disseminar livremente, então permanecem em sua terra natal por milhões de anos. Elas se adaptam gradualmente às condições locais, transformando-se e dando origem a novas espécies que não são encontradas em nenhum outro lugar.

Às vezes pode ocorrer que um pequeno grupo de árvores sobreviventes da extinção se torne endêmico. Por exemplo, muito tempo atrás, o abeto-da-sérvia (*Picea omorika*) crescia numa área considerável da Europa, mas, quando chegou a era glacial, a maioria dos espécimes se extinguiu. Apenas as árvores que crescem nas encostas das montanhas dos Bálcãs, descobertas em 1875, chegaram até nossos dias. Atualmente, o abeto-da-sérvia é plantado em muitos países, frequentemente para usos ornamentais (ver quadro 8).

Muitas árvores endêmicas crescem, particularmente, em duas ilhas do oceano Índico: Madagascar e Socotorá. Estima-se que 37% das plantas de Socotorá e mais de 80% das de Madagascar sejam endêmicas. Muitas delas são árvores. As mais interessantes são exibidas no quadro ao lado e no seguinte. Madagascar é também a terra natal de seis das oito espécies de baobá que existem na Terra (ver quadro 9).

A árvore endêmica mais rara do mundo é a *Pennantia baylisiana*, das Ilhas Três Reis, perto da Nova Zelândia – apenas um espécime foi encontrado na natureza! O restante foi comido pelas cabras que as pessoas levaram para a ilha. Infelizmente, a árvore sobrevivente não conseguia produzir sementes, porque gerou apenas flores femininas e não havia uma única árvore masculina em todo o mundo que pudesse polinizá-la. Embora tenha sido possível obter novas arvorezinhas (mudas) a partir dos galhos cortados, elas também eram exemplares fêmeos. Foi somente depois de lhes terem dado hormônios (sim, as árvores também produzem hormônios!) que algumas delas puderam polinizar as flores para delas obter sementes.

Quadro 8

rosa-do-deserto
(*Adenium obesum*,
Socotorá)

Dorstenia gigas
(Socotorá)

árvore-do-viajante
(*Ravenala madagascariensis*,
Madagascar)

palmeira-azul
(*Bismarckia nobilis*,
Madagascar)

abeto-da-
-sérvia,
variedade
Bruns (*Picea
omorika* de
"*Bruns*",
Bálcãs)

rosa-do-
-deserto
(*Adenium
obesum*,
Socotorá)

dragoeiro
(*Dracaena draco*,
Macaronésia)

rosa-do-deserto
(*Adenium obesum*,
Socotorá)

BAOBÁS

Os baobás (*Adansonia* spp.) crescem onde há apenas duas estações no ano: a chuvosa e a seca. Durante a estação chuvosa, eles acumulam reservas de água em seus troncos extremamente grossos para que possam, depois, sobreviver aos meses sem chuva. Antes de a seca chegar, eles costumam perder as folhas para reduzir a evaporação (ver quadro 5). Os ramos nus e contorcidos que crescem no topo do enorme tronco parecem um emaranhado de raízes. Foi daí que surgiu a lenda africana segundo a qual um deus, zangado com o baobá, arrancou-o pelas raízes e o enfiou de ponta-cabeça na terra, fazendo a pobre árvore se desenvolver para sempre nessa posição invertida.

Ao todo, são conhecidas oito espécies de baobás no mundo, sendo que seis delas crescem exclusivamente em Madagascar, uma enorme ilha localizada a quinhentos quilômetros da costa sudeste da África. Outra espécie pode ser encontrada no continente africano. Curiosamente, em 2012, os cientistas descobriram, com base na pesquisa genética, que se tratava de duas espécies diferentes. Porém, quatro anos depois concluíram que tinham provavelmente se enganado. A oitava e última espécie de baobá só é encontrada na Austrália. Os pesquisadores ainda não têm uma explicação certa de como ela conseguiu se distanciar tanto de seus primos na África.

Um dos baobás mais famosos é um espécime que cresce na fazenda Sunland, na África do Sul. No seu apogeu, era uma árvore gigantesca: tinha uma circunferência entre 33 e 47 metros, de acordo com o método de medição adotado (ver o quadro 15); porém, como possuía um tronco duplo, foi excluído do concurso de árvore mais grossa do mundo. Como a maioria dos baobás, com o tempo, o interior do gigante de Sunland foi apodrecendo, e em seu tronco formaram-se duas cavidades naturais – tão grandes que, numa delas, os proprietários da fazenda fizeram um bar aconchegante, enquanto a outra foi aproveitada como uma adega de vinhos, já que em seu interior a temperatura permanece sempre a 22 °C. Como os troncos dos baobás estão apodrecendo e não há anéis de crescimento evidentes em sua madeira (ver quadro 17), é muito difícil determinar a idade dessas árvores. Mas análises detalhadas do gigante de Sunland mostraram que ele tem pelo menos mil anos e sobreviveu a seis incêndios. No entanto, os últimos tempos não lhe têm sido favoráveis. Em 2016 e 2017, mais fragmentos do tronco despencaram de tão velhos, e apenas parte da árvore permanece viva. Os donos da fazenda decidiram não remover a madeira morta e, dessa forma, ao admirarmos o velho gigante, ainda podemos ter uma ideia das suas antigas dimensões.

Mesmo uma árvore de tamanho médio pode ser considerada uma quantidade enorme de alimento. Praticamente todas as partes são comestíveis, embora as folhas e os brotos verdes sejam as mais cobiçadas. As lagartas [2, 4 e 21], que nascem dos ovos que as borboletas botam nas folhas, já começam sua vida com um banquete posto à mesa. O urso-negro (*Ursus americanus*) [3] não despreza nada – devora os brotos, os botões, as frutas, as agulhas e até o súber, que conhecemos como a casca da árvore. O roedor arganaz (*Muscardinus avellanarius*) [20] come folhas jovens, frutas, nozes e bolotas. O coala [5] é muito mais exigente – só se satisfaz com as folhas do eucalipto. O esquilo-cinzento (*Sciurus carolinensis*) [7] acha muito saborosas as frutas e as nozes, mas também adora abocanhar o delicado floema – o tecido vascular das plantas, ou seja, por onde transitam as substâncias de que elas precisam para viver –, e, ao arrancar a casca da árvore, acaba danificando-a seriamente. O *Corucia zebrata* [1], um lagarto das Ilhas Salomão que vive passeando pelos ramos das árvores, é vegetariano – algo bem pouco comum entre os lagartos! Por sua vez, as folhas e frutos das argânias, que crescem no Marrocos, são alimentos para... as cabras [15], que se juntam em grande número nos galhos das copas dessas árvores.

E o que fazem os animais que não conseguem subir nos galhos? Os veados [12] mordiscam as árvores jovens, mas os elefantes [23] e as girafas [18] não param por aí. Graças, respectivamente, à sua tromba comprida ou ao seu pescoço mais comprido ainda, eles alcançam as copas das árvores sem tirar as patas do chão. Os castores [6], ao contrário, levam as árvores ao chão: com seus dentes afiados, eles conseguem cortar até um tronco bem grosso e assim derrubar a árvore para então chegar com facilidade até às folhas e aos brotos mais saborosos.

Há também animais que adoram comer a madeira em si. As larvas de muitos escaravelhos, bem como os besouros da casca [14], os serra-paus [16] e os bichos-carpinteiros [9], se alimentam dela. Depois do seu banquete, ficam as trilhas esburacadas debaixo da casca [8]. As lagartas do escaravelho-veado [10] se alimentam da carcoma (a parte apodrecida no interior do tronco) do carvalho, e os espécimes adultos gostam de beber seiva das árvores feridas. Muito mais perigosos do que os sugadores de seiva são os insetos da espécie *Homalodisca vitripennis* [19] – pragas de árvores cítricas e de amendoeiras. No entanto, em termos de danos, ninguém consegue igualar os gafanhotos [22]: eles formam enormes nuvens vorazes e têm preferências alimentares muito simples: devoram tudo o que é verde.

Por fim, vale a pena mencionar os fungos. Eles comem praticamente todas as árvores mortas, e algumas espécies também parasitam as árvores vivas [11, 17]. Mas talvez a dieta mais interessante seja a dos fungos cultivados pelas formigas-cortadeiras *Acromyrmex octospinosus* [13] no subsolo, que elas alimentam com folhas que elas cortam das árvores especialmente para eles.

As copas das árvores são um ótimo lugar para morar, pois ali é geralmente fácil encontrar algo para comer (ver quadro 10), ao passo que a cobertura espessa formada pelas folhas protege contra a chuva, o sol e o vento. Mas, acima de tudo, é também bastante seguro, pois lá, bem no alto, fica-se fora do alcance dos predadores que andam pelo chão. Embora, é claro, outros carnívoros também possam estar presentes em meio aos galhos.

Para viver nas copas das árvores, no entanto, é necessário, antes de qualquer coisa, chegar lá. Nesse quesito, têm vantagem as aves, os morcegos e os insetos, que precisam apenas bater suas asas para se assentarem (ou se pendurarem de ponta-cabeça) nos galhos. Outras criaturas, por sua vez, têm facilidade para escalar as árvores: os macacos e os prossímios (como os lêmures, os lóris e os társios), por exemplo, conseguem segurar os galhos com as mãos e os pés ao mesmo tempo, o que lhes permite balançar, saltar, se pendurar de cabeça para baixo e fazer outras acrobacias arriscadas. Os macacos-aranhas ainda têm a facilidade de contar com uma longa cauda preênsil, com a qual se agarram aos galhos como se ela fosse uma mão extra.

Por outro lado, para uma escalada eficaz, outros animais contam com garras afiadas. Elas são encontradas nas patas dos felinos grandes e pequenos, dos esquilos, das doninhas e dos pangolins. As tarântulas, além de garras pequeninas, têm também pelos minúsculos que aderem firmemente à superfície para suportar o peso do corpo delas. Outros apêndices microscópicos semelhantes nas patinhas das lagartixas e das rãs-de-olhos-vermelhos (*Agalychnis callidryas*) também permitem que elas subam nas árvores.

Quem não quer passar a vida toda numa só árvore precisa aprender a saltar para a vizinha. Os petauros-do-açúcar (*Petaurus breviceps*) e os esquilos-voadores, por exemplo, quando saltam, esticam bem os seus membros (suas quatro patas), então as pregas de pele entre eles formam uma espécie de asa, transformando-os em pequenos planadores. Mas as preguiças, por outro lado, em vez de ficarem pulando de galho em galho, preferem poupar energia: nunca saltam e passam a vida toda em uma mesma árvore, descendo ao chão apenas para fazer suas necessidades. Em compensação, por conta da pouca mobilidade e das algas verdes que crescem no pelo dessas preguiças, os predadores dificilmente as notam.

Os animais jovens que ainda não são capazes de passear sozinhos pelas copas das árvores podem contar com a ajuda de seus pais. Os filhotes de pássaros, por exemplo, se escondem nos ninhos trançados nos galhos ou em cavidades seguras. Já os macacos, os prossímios e os bichos-preguiça carregam seus filhotes na barriga ou nas costas, e os pangolins, na cauda. Os macacos-aranhas jovens se aconchegam nas costas da mãe e, por segurança, enroscam seu rabo no dela – quem vive dezenas de metros acima do solo sabe que prudência nunca é demais.

A moda na floresta não muda – não há espaço para novas tendências. Em milhões de anos, quase todos os animais ali têm vestido combinações de diferentes tons de marrom, cinza e verde. Estampas que lembram as folhas, a casca ou os liquens das árvores sempre fazem sucesso. Por quê? Porque os habitantes da floresta tentam ser o mais parecidos possível com as árvores ou com partes delas. E isso não é uma mera questão estética, de aparência, mas, sim, de sobrevivência: a camuflagem eficaz é extremamente importante para a maioria das criaturas se manter viva.

Os predadores querem que suas presas não os vejam, e as presas, por sua vez, fazem o possível para se esconder dos predadores. Não é por acaso que quase todos os mamíferos da floresta – do menor ratinho ao lobo – têm pelagem cinzenta ou acastanhada, que não se destaca dos troncos das árvores ou da folhagem da floresta. As aves costumam ser mais coloridas, mas em geral essa é uma característica dos machos, que querem chamar a atenção das fêmeas. Elas, ao contrário, normalmente têm uma coloração bem mais modesta e prática, porque a camuflagem as ajuda a manter os filhotes em segurança.

A capacidade de se misturar com o cenário é particularmente importante para os animais que são ativos à noite e dormem durante o dia, quando os raios do Sol os iluminam. É por isso que o padrão das penas da coruja [17] se assemelha à casca de uma árvore. O mesmo ocorre com os urutaus [15], que, além disso, adotam durante o sono uma posição que os faz parecer um galho de árvore partido. Os mestres da camuflagem são as osgas ou lagartixas [14]: a forma do corpo e a coloração levam-nas a se confundir com as folhas secas ou com os liquens das árvores. Os camaleões [20] também "desaparecem" perfeitamente no ambiente: quando veem um predador, eles podem até mudar a cor da pele para se camuflarem com ainda mais eficiência. No entanto, essa capacidade extraordinária é mais utilizada para se comunicar com outros camaleões.

Contudo, na arte da camuflagem, ninguém se iguala aos insetos. Cada detalhe da estrutura corporal dos bichos-paus [10, 18] os ajuda a se passar por pequenos galhos insignificantes. Os bichos-folhas [3, 7, 13], os louva-a-deus [4, 5, 19, 22], os gafanhotos [1, 6, 11, 12, 16, 21], as cigarras [9] e os bichos-paus-espinhosos (*Extatosoma tiaratum*) [8], por sua vez, são especialistas em imitar folhas de todas as formas: grandes e pequenas, saudáveis e mordiscadas, verdes e secas. Além disso, as asas desses insetos lhes permitem que "liguem" e "desliguem" sua camuflagem. Muitas borboletas [2] atraem seus parceiros com cores fabulosas na parte de cima das asas, mas, quando querem se esconder, elas as dobram, mostrando a parte de baixo, que tem a cor de uma folha seca.

Folhas, galhos e troncos mortos apodrecem muito rapidamente. Por isso, hoje não há mais vestígios da maioria das árvores que viveram há milhares e milhares de anos em nosso planeta. Felizmente, no entanto, as formas de algumas delas foram preservadas nas rochas. Como isso é possível? Imaginemos, por exemplo, que uma folha tenha caído no fundo de um lago e que, depois, tenha sido coberta por lodo. À medida que mais depósitos de lodo se acumulam no fundo, suas camadas mais profundas se comprimem cada vez mais, até que finalmente se tornam duras como pedra. A essa altura, a folha já teve tempo de se pulverizar, mas, antes disso, ela deixa sua marca na rocha. Ou, então, pode acontecer de a madeira de uma árvore enterrada no chão ficar embebida de água com muitos minerais. A água flui pelos espaços vazios da madeira – que, antes, quando a árvore ainda estava viva, eram preenchidos por líquido ou ar –, alcançando cada uma das células, onde, então, os minerais passam a se acumular, até que, por fim, produzem uma rocha com a forma do pedaço da antiga árvore. Esses processos são chamados de fossilização.

Às vezes, essas condições eram tão favoráveis que se criavam florestas inteiras fossilizadas. A mais antiga delas foi encontrada na década de 1870, perto da cidade de Gilboa, no estado de Nova York, nos Estados Unidos. Lá foram encontradas partes inferiores de troncos com 385 milhões de anos de idade. Mas, durante mais de um século, nada se soube sobre as copas dessas plantas ancestrais. Apenas em 2005 foram encontrados fósseis que deram uma ideia de seu aspecto. A *Wattieza*, como foi denominada, tinha oito metros de altura e, nos seus galhos, em vez de folhas, cresciam brotos ramificados. Ela tampouco desenvolvia flores ou sementes, que surgiram nas plantas muito mais tarde, e se disseminava por meio de esporos, tais como as samambaias e os musgos de hoje.

Naquela época, e durante dezenas de milhões de anos depois, as plantas esporíferas eram extremamente exuberantes. As calamites gigantes cresciam até atingir o tamanho de árvores e formavam florestas inteiras. Mais tarde, elas deram lugar às plantas seminíferas – as espécies de cavalinhas que existem hoje são suas modestas parentes.

As plantas pré-históricas não são importantes apenas para os cientistas. Dos restos mortais dos vegetais do período carbonífero, que terminou há 290 milhões de anos, formou-se a hulha, ou o carvão mineral. Quando queimamos esse material nos fornos e nas usinas elétricas, estamos usufruindo da energia acumulada pelas plantas do tempo em que não havia sequer dinossauros na Terra.

As árvores mais altas do mundo são as sequoias-vermelhas (*Sequoia sempervirens*), naturais do Óregon à Califórnia, nos Estados Unidos. O espécime recordista, a sequoia batizada de Hyperion, mede 115,6 metros. A medição foi feita por um grupo de corajosos pesquisadores que subiram, munidos de uma fita métrica, até o topo de sua copa. O segundo lugar nesse pódio de alturas é ocupado já há algum tempo por um eucalipto australiano. Nos últimos anos, esse espécime se tornou mais alto que um abeto-de-douglas, que agora tem de se contentar com o terceiro lugar. Os abetos-de-douglas norte-americanos e os eucaliptos australianos competem também pelo título de árvore mais alta da história. Um documento de 1872 menciona um eucalipto australiano que, quando foi derrubado, tinha 132,6 metros de comprimento, enquanto em 1897 foi cortado um abeto-de-douglas que, supostamente, tinha 146 metros. No entanto, não se pode ter certeza de que essas duas marcas são confiáveis. A disputa do passado continua inconclusiva, mas o futuro provavelmente pertence aos eucaliptos. Eles crescem muito rápido e é possível que logo atinjam o tamanho que tinham antes de as pessoas cortarem as antigas florestas naturais. O rápido crescimento também permitiu que um certo eucalipto multicolorido se tornasse a árvore mais alta da Europa. Ele foi trazido da Austrália e plantado em Portugal em 1890, e bastaram pouco mais de cem anos para que, com seus 72 metros, ultrapassasse em altura todas as árvores do continente. A árvore mais alta nativa da Europa é um abeto da Eslovênia, que é dez metros mais baixo que o eucalipto, enquanto o recordista europeu entre as árvores folhosas é um carvalho-branco que cresce na França. Na Polônia, na categoria das árvores coníferas, o vencedor é um abeto de 51,8 metros que fica na Beskid Żywiecki, uma cadeia de montanhas no sul da Polônia, e, entre as folhosas, um freixo de 45,2 metros que cresce na floresta de Białowieska, na fronteira entre a Polônia e a Bielorrússia.

A árvore tropical mais alta e, provavelmente, a recordista da Ásia, fica na Malásia: um espécime da *Shorea faguetiana*. Na América do Sul, quem detém a liderança é uma *Gyranthera caribensis* venezuelana, conhecida localmente como El Pié Grande (O Pé Grande). E, no que diz respeito às palmeiras, as maiores pertencem à espécie *Ceroxylon quindiuense*, que crescem na Colômbia e no Peru. Estima-se que alcancem até sessenta metros, embora não disponhamos das medidas precisas de espécimes específicos.

Neste quadro, comparamos a altura dessas árvores com vários edifícios e monumentos famosos e com um carvalho, uma macieira e um álamo (ou choupo) de tamanhos médios. Aqui também mostramos as recordistas em outras competições, como o cipreste mexicano conhecido como "a árvore de Tule", cujo tronco tem o maior diâmetro, enquanto a sequoia-gigante conhecida como General Sherman detém o recorde de maior volume (ver quadro 15). A ráfia, por sua vez, é a planta de folhas mais longas, que podem medir até 25 metros.

Pirâmide de Quéops (138,8 m)

Centurion, a árvore folhosa mais alta do mundo (*Eucalyptus regnans*, 99,8 m, Tasmânia, Austrália)

Meranti-amarelo (*Shorea faguetiana*, 89,5 m, Malásia)

Estátua da Liberdade (93 m)

Eucalyptus diversicolor (72,3 m, Portugal)

Palmeira-de-cera (*Ceroxylon quindiuense*, aprox. 60 m, Colômbia/Peru)

Carvalho (*Quercus robur*, 20 m)

Álamo (*Populus nigra*, 20 m)

Carvalho-branco (*Quercus petraea*, 48,6 m, Floresta de Bercé, França)

Macieira (*Malus domestica*, 8 m)

AS ÁRVORES MAIS LARGAS

A espessura de uma árvore é calculada medindo-se o perímetro do tronco a 130 centímetros acima do solo, ou o que os especialistas chamam de "circunferência à altura do peito" (CAP). É claro que a parte inferior do tronco costuma ser ligeiramente mais grossa, mas é muito mais prático tirar as medidas assim. Além disso, se medíssemos a circunferência logo acima do solo, seria mais difícil saber se estaríamos medindo o tronco ou a base das raízes.

A árvore mais grossa do mundo é o cipreste mexicano chamado de "a árvore de Tule", que tem esse apelido porque não cresce em uma floresta selvagem primitiva, mas na praça em frente à igreja, na cidade de Santa Maria del Tule. Se circularmos ao redor de seu tronco com uma fita métrica, encontraremos o perímetro de 36 metros. Nem mesmo vinte pessoas adultas de mãos dadas conseguiriam rodeá-la. E, se passarmos a fita ao longo de todas as curvas e saliências do tronco, o resultado será ainda maior: cerca de 50 metros. Não sabemos a idade exata dessa árvore, mas estima-se que tenha cerca de 1.500 anos. Também é difícil prever quanto tempo ainda vai viver, porque ela não tem estado muito saudável nos últimos tempos. As mudanças que ocorrem no meio ambiente são muito prejudiciais para ela, em especial a redução dos níveis das águas subterrâneas e a poluição do ar. Durante as últimas décadas, foram esses mesmos fatores que causaram a morte de muitos outros ciprestes, incluindo os famosos El Sargento e El Árbol de la Noche Triste (A Árvore da Noite Triste), que cresciam na capital mexicana. A fim de salvar a árvore gigante de Tula, chegou-se mesmo a alterar a rota da estrada principal que atravessa a cidade, e um poço foi cavado especialmente para regar a árvore. No entanto, não se sabe se isso será suficiente.

A árvore de Tule não é particularmente alta, mede pouco mais de 35 metros. Já a sequoia-gigante da Califórnia conhecida como General Sherman combina uma impressionante circunferência de 26 metros com uma altura de 83,8 metros (ver quadro 14). Graças a isso, tem também o maior volume lenhoso – cerca de 1.500 metros cúbicos. Isso significa que seria possível esculpir, com a sua madeira, 10 mil figuras humanas em tamanho real, mesmo que metade do material se tornasse serragem durante o processo escultural, o que é comum no ato de esculpir. Portanto, essa única árvore seria suficiente para cada morador de uma cidade de 10 mil habitantes colocar em frente de casa a sua própria estátua de madeira em uma escala de 1:1. Tais esculturas seriam certamente uma decoração original. No entanto, esperamos que ninguém nunca tenha essa ideia, pois um número demasiado grande de exemplares inigualáveis de sequoias já foi cortado e convertido em tábuas.

Sarv-e Abarkuh, cipreste
(idade exata desconhecida, Irã)

Tnjri, plátano
(idade exata desconhecida, Alto Carabaque, sul do Cáucaso)

El Gran Abuelo, cipreste-da-patagônia
(*Fitzroya cupressoides*, 3.641 anos, Chile)

Pinheiro-ancião
(*Pinus longaeva*, Califórnia, EUA)

Quantos anos tem a árvore viva mais velha do mundo? Depende do que consideramos ser o fim da vida de uma planta. Imaginemos, por exemplo, que um vendaval partiu o tronco de uma árvore e a derrubou, mas que suas raízes permaneceram na terra. Mais tarde, um novo broto emergiu delas e, com o tempo, se transformou em tronco e galhos. Será que a árvore que voltou a crescer é a mesma árvore que estava lá antes do vendaval? Se respondermos de forma negativa, teremos de nos limitar aqui a árvores que têm o mesmo tronco desde o início de suas vidas. Nessa categoria, os recordistas são os longevos pinheiros que crescem nas Montanhas Brancas (White Mountains) da Califórnia. Eles chegam a uma altura de cerca de vinte metros, mas, em 2012, calculou-se que o mais antigo deles tinha em torno de 5.062 anos de idade, ou seja, ele nasceu por volta de 3050 a.C. A sua idade pôde ser determinada com tanta precisão justamente porque ele ainda tem o mesmo tronco. Bastou retirar, com uma broca especial, uma amostra do tronco e então contar os anéis de crescimento (ver quadro 17). Para proteger dos turistas curiosos essa árvore recordista, suas características e localização não são reveladas com exatidão.

Os ciprestes-da-patagônia e as sequoias-gigantes também podem se gabar de ter troncos muito antigos, mas, para muitas outras árvores antigas, não é tão fácil determinar a idade. Por exemplo, a oliveira e o plátano apresentados na ilustração ao lado têm os troncos podres e vazios por dentro, o que torna impossível contar os anéis – ainda que se estime sua idade em cerca de 2 mil anos. No caso do cipreste Sarv-e Abarkuh (O Cipreste de Abarkuh), fala-se até em 4 mil anos. No entanto, faltam provas cabais para confirmar essa estimativa.

E se, na busca pelas árvores mais antigas, levarmos em conta também aquelas cujas partes acima do solo morreram e cresceram de novo repetidas vezes? Então o vencedor seria o Old Tjikko (Velho Tjikko), um abeto-falso (*Picea abies*) que cresce na Suécia. No solo, abaixo dessa árvore discreta de quatro metros de altura, foram encontrados fragmentos de madeira com 9.550 anos de idade. Testes genéticos confirmaram que esses restos mortais antigos pertencem de fato ao Old Tjikko.

Mas isso ainda não é nada, porque a idade de Pando, um choupo americano do estado de Utah, é estimada em pelo menos 80 mil anos. Além disso, Pando é ao mesmo tempo uma única árvore e uma floresta inteira. Ela germinou a partir de uma única semente e depois produziu outros brotos a partir das raízes. Estes, por sua vez, se transformaram em novos troncos, levando as raízes, em contrapartida, a crescerem cada vez mais. Hoje esse gigantesco superorganismo ocupa 43 hectares, o que corresponde a mais que o dobro da área do estádio do Maracanã, no Rio de Janeiro.

Durante a vida, uma árvore cresce não apenas em altura, mas também na largura do tronco. Isso acontece porque a cada ano se forma uma fina camada de madeira sob a casca da árvore. Em muitas espécies que crescem no clima temperado, a madeira que se forma na primavera é mais clara do que a que se forma no verão. É por isso que os chamados anéis do tronco são claramente visíveis nessas árvores, cada um deles constituído por uma camada clara seguida de outra escura. Assim, cada anel corresponde a um ano e, por isso, quando a árvore é cortada, basta contar os anéis do tronco para saber a idade da árvore.

É preciso reconhecer que alguns exemplares alcançaram uma idade bastante avançada. Os troncos serrados das sequoias-gigantes são de fato impressionantes – possuem vários metros de diâmetro e milhares de anéis, ou seja, elas tinham milhares de anos. O mais velho exemplar conhecido dessa espécie viveu nas montanhas californianas de Serra Nevada e foi batizado postumamente de CBR26. Quando foi abatida, por volta do ano 1900, essa árvore tinha pelo menos 3.266 anos de idade, o que significa que germinou da semente na virada da Idade do Bronze para a do Ferro. Nessa época, os homens brancos do outro lado do oceano estavam começando a aprender a produzir aço, com o qual seriam feitas as serras e machados dos lenhadores californianos.

Durante a vida dessa única árvore, floresceram e desapareceram, na América, as civilizações dos olmecas, dos astecas e dos maias, e, no mundo como um todo, ergueram-se e caíram impérios, nasceram grandes religiões, criaram-se obras de arte famosas, conceberam-se invenções que marcaram época e foram feitas descobertas importantíssimas. Enquanto isso, a sequoia-gigante CBR26 continuava a crescer tranquilamente, ignorando as expedições de Cristóvão Colombo, o assentamento dos colonos europeus na América, a criação dos Estados Unidos e o rápido desenvolvimento da indústria. Sua longa vida só terminou na virada do século XIX para o XX, quando apareceram na região lenhadores centenas de vezes mais jovens do que as árvores que eles derrubavam. Na floresta onde a CBR26 crescia, abateram cerca de 8 mil sequoias-gigantes, mas o transporte dos enormes troncos em terrenos montanhosos revelou-se um desafio tão grande quanto aquelas árvores. Assim, conseguiram retirar de lá apenas um quinto da madeira extraída, enquanto o restante das árvores abatidas foi abandonado. O mais alto desses gigantes foi poupado e chamado de árvore de Boole, em homenagem ao homem que comandava a derrubada das árvores. Esse gigante solitário continua a ser uma atração turística popular.

Hoje, felizmente, as sequoias-gigantes estão protegidas contra as derrubadas, então precisamos esperar apenas mais alguns milhares de anos para que a floresta cresça de novo.

1 cerca de 1370 a.C. – a sequoia-gigante CBR26 germina (o mais antigo pinheiro-ancião [ver quadro 16] já tem 1.680 anos)

2 1323 a.C. – morre o faraó egípcio Tutancâmon (3 mil anos depois, o seu túmulo se torna uma das mais valiosas fontes de conhecimento sobre o antigo Egito)

6 século VI ou V a.C. – nascimento de Buda

7 327 a.C. – Alexandre da Macedônia (Alexandre, o Grande), depois de ter conquistado metade do mundo daquela época, chega à Índia

8 221 a.C. – Qin Shi Huang unifica a China, torna-se seu primeiro imperador e inicia a construção da Muralha da China

13 570 d.C. – nascimento de Maomé

14 1096 – inicia-se a Primeira Cruzada

15 1206 – Gengis Khan inicia a conquista da Ásia

20 *c.* 1506 – Leonardo da Vinci pinta a *Mona Lisa*

21 1543 – Copérnico demonstra que a Terra gira em torno do Sol

22 1789-1815 – Revolução Francesa e as Guerras Napoleônicas

Quadro 17

OS ANOS E OS ANÉIS

③ cerca de 1100 a.C. – os fenícios criam o alfabeto que dará origem a todos os alfabetos europeus, incluindo o grego, o latim, o rúnico e o cirílico

④ 776 a.C. – primeiros Jogos Olímpicos na Grécia

⑤ 551 a.C. – nascimento de Confúcio

⑫ 80 d.C. – término da construção do Coliseu de Roma

⑨ 51 a.C. – Cleópatra VII se torna rainha do Egito

⑩ 44 a.C. – assassinato de Júlio César

⑪ entre os anos 8 e 4 a.C. – nascimento de Jesus de Nazaré

⑲ 1492 – Colombo descobre a América

⑯ 1345 – término da construção da catedral de Notre Dame de Paris

⑰ 1429 – Joana d'Arc, aos 17 anos, lidera as tropas francesas durante a Guerra dos Cem Anos

⑱ 1455 – Gutenberg imprime o primeiro livro

㉔ cerca de 1900 – a sequoia-gigante CBR26 é cortada

㉓ 1851 – Sojourner Truth, ativista americana em prol da abolição da escravatura, faz seu famoso discurso sobre a igualdade de direitos para as mulheres

Quadro 18

O LENHADOR E SUAS FERRAMENTAS

Hoje em dia, a principal ferramenta do lenhador é a motosserra [3], mas, no passado, ele ficaria feliz se tivesse à mão pelo menos um machado. Dependendo da época e do lugar, o machado poderia ter uma estrutura diferente [1, 2, 7, 8]. Por exemplo, os machados americanos eram quase sempre equipados com duas lâminas: a segunda, menos afiada, servia para cortar os nós duros da madeira sem que com isso se danificasse a outra lâmina, que, ao contrário, era muitíssimo afiada. Também eram utilizadas serras de diferentes formas e para variadas aplicações [21, 23, 24]. Algumas delas [como a 19] requeriam duas pessoas.

Não importa com qual ferramenta um lenhador corte um tronco, ele sempre tenta fazer a árvore cair na direção certa. Para isso, ele faz uma incisão no tronco, depois introduz a panca florestal, também chamada de canha [29], ou introduz as cunhas [6] e então as golpeia com a marreta [9, 10, 11, 31]. Do tronco caído tiram-se os galhos com a serra, o machado ou a foice [4, 5, 26]. Depois, o tronco é cortado em toras de tamanho apropriado, medidas com a trena [16]. Por fim, usa-se o suta [30] para medir o diâmetro das toras, o que permite calcular a quantidade de madeira extraída, que será então preparada para ser retirada da floresta. Inclinar-se sobre os blocos pesados de madeira pode prejudicar a coluna – mesmo a dos lenhadores mais corpulentos –, assim, também para essa tarefa é preciso usar as ferramentas apropriadas. A foice-capina [20] e o gancho inversor [25] permitem mover os troncos com facilidade e, graças às garras de arraste [18, 22] e às tenazes de arraste [28, 32, 33], eles podem ser movimentados convenientemente. Um tipo popular de tenaz de arraste [32] foi patenteado no início do século XX por Nell Gravlie, um norueguês de 12 anos. Atualmente, a ferramenta aparece no brasão de sua cidade natal, Nord-Odal. Os troncos maiores são arrastados para fora da floresta usando-se correntes [27], que costumavam ser puxadas por cavalos (hoje são mais comuns os cavalos-vapor, escondidos debaixo do capô de um trator ou caminhão).

Um lenhador precavido trabalha sempre com luvas de proteção [12] e capacete com viseira e abafador de ruídos [13]. Ele também veste calças acolchoadas especiais, chamadas de calças pega-corrente [15], cujas fibras do acolchoamento se prendem na corrente da motosserra. Se, num acidente, ela começar a cortar o tecido das calças, numa fração de segundo a máquina trava e não atinge o corpo do lenhador. O equipamento desse profissional é complementado pelo combustível para a serra [17] e também para o lenhador [14]. Eles costumam comer bastante, pois se trata de um trabalho que dispende muita energia. Nos tempos em que se usavam serras manuais e machados, os lenhadores queimavam 9 mil quilocalorias por dia. Hoje eles consomem menos, cerca de 6 mil quilocalorias, mas ainda assim é três vezes mais do que um funcionário de escritório gasta por dia.

A madeira não é tão durável quanto a pedra ou o tijolo, e as construções desse material extraído das árvores podem facilmente pegar fogo, apodrecer ou ser danificadas por insetos vorazes. É por isso que só aquelas que foram muito bem cuidadas durante várias gerações chegam de fato a uma idade avançada. Um dos edifícios de madeira mais antigos do mundo é um pagode (torre) do ano 711, situado no terreno do templo budista Hōryū-ji, na cidade japonesa de Ikaruga. Os chineses, por sua vez, orgulham-se do pagode do templo Fogong, construído em 1056 na província de Xanxim, com mais de 67 metros de altura, ou seja, é mais alto que um prédio de vinte andares.

As igrejas medievais norueguesas são um pouco mais recentes, mas sua estrutura é apoiada em colunas muito resistentes feitas de pinheiros especialmente preparados. A reação natural do pinheiro às lesões feitas por cortes ou quebras é produzir resina, então, antes de derrubar as árvores que serviriam de colunas, os lenhadores cortavam todos os seus galhos e as deixavam assim durante algum tempo, o que fazia esses troncos ficarem repletos de resina. A madeira estava, portanto, bem protegida, tornando-se mais durável e mais resistente à umidade, o que pode ser constatado pelo fato de 28 dessas igrejas terem sobrevivido até os nossos dias. A maior delas se encontra no vilarejo norueguês de Heddal, e a mais bem conservada é a igreja luterana de Borgund, construída por volta de 1150. Graças à maestria dos antigos construtores, ela segue ainda hoje quase intacta.

As igrejas ortodoxas russas são também belos exemplos de arquitetura em madeira. Uma das mais famosas fica em Kizhi, uma ilha no lago Onega, e é ornamentada com 22 cúpulas. Também são consideradas particularmente valiosas dezesseis igrejas ortodoxas de madeira na região dos Montes Cárpatos: metade delas está localizada na Polônia, enquanto as restantes, incluindo a Igreja de São Jorge, em Drohóbych, mostrada na ilustração, podem ser admiradas na Ucrânia.

A Indonésia abriga em suas ilhas uma incrível mistura de culturas, que se reflete também em termos de arquitetura. Por exemplo, as pessoas da etnia minangkabau, que vivem na parte ocidental da ilha de Sumatra, são famosas por suas casas com belos telhados "chifrudos", como o do palácio Pagaruyung, perto de Batusangkar. Tongkonan, por outro lado, é a casa de famílias ricas e importantes do povo Torajan, da ilha Celebes, e sua construção corresponde – de acordo com as crenças locais – à divisão do cosmos em três mundos: superior, médio e inferior. Os cômodos para moradia estão localizados no andar do meio, o sótão é utilizado para guardar recordações dos antepassados e, no térreo, ficam os animais.

igreja em Borgund (Noruega)

igreja em Heddal (Noruega)

igreja ortodoxa em Drohóbych (Ucrânia)

templo Hōryū-ji (Japão)

CONSTRUÇÕES DE MADEIRA

igreja ortodoxa na ilha Kizhi (Rússia)

tongkonan (Indonésia)

pagode do templo Fogong (China)

palácio de Pagaruyung (Indonésia)

As pessoas, ao contrário das árvores, nunca conseguiram ficar paradas num mesmo lugar; eram sempre atraídas pelo mundo distante. E, se não andavam com os próprios pés ou nas costas de animais, geralmente era a madeira que as levava. Esse material era perfeito para a construção de meios de transporte, entre eles, os barcos. Foi com madeira que se construiu a arca de Noé [16] da Bíblia, bem como o mitológico navio Argo [5], com o qual os gregos partiram em busca do velo de ouro. Eles foram conduzidos no mar pela madeira de um carvalho sagrado que tinha sido colocada na proa do navio e se comunicava com eles com voz humana.

As pirogas, por sua vez, eram feitas a partir de um único tronco escavado ou queimado por dentro [10], enquanto as canoas indianas eram produzidas com placas das cascas de bétulas que eram costuradas e fixadas em um esqueleto de madeira [11]. Pelos oceanos navegavam os alongados barcos dos viquingues [12] e as fantásticas naus dos grandes exploradores: Cristóvão Colombo [13], Vasco da Gama e Fernão de Magalhães. Em navios de madeira, os europeus chegaram à América e à Índia e viajaram pelo mundo. E a conquista do Polo Norte, tomado pela neve, só foi possível graças aos esquis [7] e trenós de madeira.

A madeira também tem um importantíssimo papel na longa história da invenção da roda. O exemplar mais antigo [14], retirado de uma escavação nos pântanos perto da capital eslovena, Liubliana, tem 5.150 anos. Graças à invenção da roda, a nossa civilização acelerou – em sentido literal e figurado. Além das carroças, carruagens e *britzkas*, existiram também veículos bastante incomuns com rodas, como aqueles movidos a velas [8] do início do século XVII. O mitológico cavalo de Troia também tinha rodas [9]. De acordo com a lenda, os gregos sitiaram Troia, construíram o cavalo durante a noite e se esconderam em seu interior. Pela manhã, os intrigados troianos puxaram o cavalo para dentro dos portões da cidade – para a infelicidade deles...

No início do século XIX apareceram as primeiras dresinas [2, 15], a bisavó das bicicletas de hoje. Na verdade, um esboço de um veículo semelhante [3] pode ser visto já no *Codex Atlanticus* de Leonardo da Vinci, datado da virada do século XV para o XVI. No entanto, suspeita-se que, no século XX, um dos monges responsáveis pela conservação da obra de Leonardo da Vinci tenha modificado o desenho original, transformando-o na bicicleta que aparece no *Codex Atlanticus*. De todo modo, não há dúvidas sobre a autenticidade dos desenhos das máquinas voadoras do mestre Leonardo [4, 6]. Da Vinci escolheu a madeira – um material ao mesmo tempo leve e durável – para ser usada na construção do esqueleto das asas que seria coberto de lona. Foi exatamente isso que os irmãos Wright fizeram 400 anos depois, construindo o primeiro avião da história [1].

MEIOS DE TRANSPORTE FEITOS DE MADEIRA

Quadro 20

Quadro 21

MÁSCARAS ESCULPIDAS EM MADEIRA

México
Costa do Marfim
Congo
Burkina Faso
Congo
Burkina Faso
México
México
Congo
Mali
México
Congo
Mali
Guatemala
Ilha King
Congo
Congo
Burkina Faso
Guatemala
Congo

Congo • Congo • Papua-Nova Guiné • Congo • Nigéria • Burkina Faso • Gabão • Burkina Faso • Congo • Congo • México • México • México • Congo • Nigéria • Congo • Nova Zelândia

Na história da humanidade, provavelmente não houve material mais importante do que a madeira. Era sempre fácil de se conseguir e podia ser cortada, partida e entalhada, mesmo com o auxílio de ferramentas de pedra primitivas. Infelizmente, não sabemos muito sobre os objetos de madeira pré-históricos, pois, uma vez que a madeira não é assim tão durável como a pedra ou o osso, apenas uns poucos objetos se conservaram até os nossos dias.

O achado de madeira mais antigo é a ponta afiada de uma lança de teixo (*Taxus baccata*) encontrada na cidade de Clacton-on-Sea, na Inglaterra: ela tem menos de quarenta centímetros de comprimento e cerca de 400 mil anos de idade, e foi utilizada para caça por uma das espécies de ser humano primata extintas há muito tempo, o *Homo erectus*, ou seja, o homem que já ficava em pé, e o *Homo heidelbergensis*, cujos fósseis foram encontrados perto de Heidelberg, na Alemanha. No entanto, as lanças de madeira que foram encontradas numa mina de lignito na cidadezinha alemã de Schöningen estavam totalmente preservadas. Com idade estimada de 300 mil anos, elas foram produzidas pelo homem de Heidelberg.

Assim, as armas de madeira apareceram bem cedo, mas as primeiras obras de arte em madeira ainda tiveram de esperar bastante. A mais antiga escultura de madeira descoberta é o Ídolo de Shigir, encontrado numa turfeira perto de Ecaterimburgo, na Rússia. Essa estátua de quase 11 mil anos foi esculpida com uma ferramenta de pedra num tronco de lariço e mede 5,3 metros. Representa uma cabeça humana em cima de um corpo retangular plano, sobre o qual foram entalhados detalhes ornamentais misteriosos.

Após a invenção das ferramentas de metal, a escultura se desenvolveu muito, e é impossível citar todos os mestres do cinzel da Antiguidade no Egito, em Roma e na China, ou mesmo da Europa medieval e renascentista. Além disso, não foram só artistas famosos que se dedicaram à escultura em madeira: esse era também o material preferido dos artistas populares anônimos. É a eles que devemos, entre outras coisas, o extraordinário legado das máscaras de madeira utilizadas em vários lugares do mundo. Apesar da multiplicidade de formas, normalmente elas desempenhavam funções semelhantes. Ao cobrir o verdadeiro rosto de um homem, permitiam que ele se tornasse outra pessoa por algum tempo. Em vários rituais, as figuras mascaradas desempenhavam papéis de divindades, espíritos, heróis lendários, antepassados mortos ou animais. Foi também nesse sentido que as máscaras esculpidas tornaram-se uma parte indispensável do teatro, de cerimônias religiosas, das aulas de história sobre povos antigos ou simplesmente de festas e brincadeiras.

Quadro 22

INSTRUMENTOS MUSICAIS DE MADEIRA

A madeira é o melhor material para se fazer uma enorme variedade de instrumentos musicais: é dura, leve e formada por muitos tubinhos longos, pelos quais costumava fluir a água. Graças a essas propriedades, obtemos da madeira um som bonito e forte. É por isso que, há séculos, tanto os simples instrumentos folclóricos quanto os complexos instrumentos dos mestres de luteraria são feitos de madeira.

Dois pedaços de madeira batendo um contra o outro já constituem um instrumento, como as castanholas [20] ou o *paiban* chinês [13]. Mas, para que o som seja realmente alto, é preciso bater em algo oco, ou seja, num tambor, que pode ser feito de um tronco escavado, como o *ekwe* africano [21] e o djembê [25, 26], ou com ripas de madeira coladas, como a conga cubana [31]. Também é possível bater o instrumento contra o chão e, além disso, bater nele repetidamente com uma vareta – é assim que se toca também o instrumento conhecido na Cassúbia, norte da Polônia, como violino do diabo [5]. Por outro lado, no balafom [19], toca-se a melodia batendo-se nas tabuinhas com bastões, e de cada uma sai um som diferente.

Outra forma de tocar é vibrando as cordas. As suas vibrações são transmitidas para a caixa de madeira, e os ouvidos da plateia são preenchidos, por exemplo, com o som do violino [4], do *kamancheh* iraniano [7], do *oud*, conhecido como alaúde persa [8], do *kissar*, conhecido como lira sudanesa [11], ou do *setar* persa [9]. Existe um grande número de instrumentos de corda, e sempre surgem novos – a harpa *sprout* [27] e a tigela sonora [29] foram criadas há pouco tempo e é muito fácil aprender a tocá-las. A variedade de instrumentos deve-se também à forma como são feitos. Basta comparar a harpa de pedal [16] com as tradicionais harpas de arco africanas [22, 24]. Você mesmo pode fazer um violão [6], sentado na entrada de uma cabana, ou encomendar uma versão elétrica feita do bastão usado no *hurling* [18]. Os melhores *ukuleles* são feitos da árvore *koa*, que só cresce no Havaí, mas, se alguém quiser economizar, pode usar uma caixa de charutos e fazer um modelo mais barato [15]. E as *kalimbas* africanas (ou *mbiras*) [1, 2, 3] ficam ainda mais bonitas quando ornadas com tampinhas de garrafas.

O *didjeridu* [17] é um instrumento aborígene australiano, tradicionalmente feito de um galho de árvore escavado por cupins vorazes. Mas, por azar, não contam com essa ajuda os artesãos que produzem as enormes trompas alpinas [28] ou os das sonoras *zurnas* [12], dos fagotes [14], dos oboés armênios [10] ou das flautas indígenas [23] – eles mesmos escavam a madeira. Os maori, que vivem na Nova Zelândia, inventaram, por sua vez, o *purerehua* [30]: um pedaço de madeira amarrado com um cordel que, quando girado acima da cabeça, produz um zumbido original.

Quadro 23

CASAS EM ÁRVORES

Todas as crianças (e muitos adultos) sabem que uma casa na árvore tem algo de mágico. Mas, por outro lado, essas construções destinadas para brincar não têm água corrente, esgoto ou aquecimento – e provavelmente é por isso que a maioria de nós opta por viver em condições mais agradáveis. Os korowai da Papua Ocidental estão entre as poucas exceções. Desde tempos imemoriais eles vêm construindo suas casas nas copas das árvores, a alguns metros – ou mesmo a dezenas de metros – acima do solo [3, 8]. A essa altura, não são ameaçados por mosquitos, cobras, vizinhos hostis ou pela água que inunda regularmente a selva.

Em outras partes do mundo, as casas nas árvores são lugares para visitar por um curto período de tempo – por diversão. Construções tradicionais como aquela feita num velho carvalho no estado do Missouri [5], nos Estados Unidos, são certamente atemporais – serão sempre apreciadas. Mas, às vezes, os *designers* deixam sua imaginação correr solta. É o que vemos, por exemplo, nas esferas residenciais penduradas entre as árvores. Essa atração é oferecida pelo hotel canadense Free Spirit Spheres [2]. Quartos igualmente originais podem ser alugados no Treehotel, na Suécia. O Ninho de Pássaro [6], que por fora se assemelha a um amontoado de gravetos, possui em seu interior um elegante apartamento com camas confortáveis, eletricidade e *wi-fi*. Ao lado dele, está pendurado no ar o UFO (Óvni, em português) [9], pronto para "abduzir" uma família com três filhos. Os turistas que visitam o vilarejo inglês Amberley podem passar a noite em um castelo do século XII. Mas aqueles que se sentem mal dentro das frias muralhas de pedra têm à sua disposição uma aconchegante casa na árvore [7].

Takasugi-an [4] é uma versão original de um *chashitsu*, uma casa para fazer e beber chá, projetada pelo arquiteto Terunobu Fujimori e localizada na cidade japonesa de Chino. O Takasugi-an difere de um *chashitsu* tradicional apenas por estar localizado sobre os troncos de duas árvores cortadas numa floresta próxima. Fujimori deu um nome à sua pequena casa de chá de acordo com um costume japonês – Takasugi-an significa "casinha num lugar muito alto".

A casa na árvore de Redwoods, também chamada de "casa amarela na árvore" (*yellow treehouse*) [1], foi criada como uma propaganda da filial neozelandesa do serviço de anúncios e telefones comerciais das páginas amarelas. A campanha estabelecia que a voluntária selecionada deveria construir um restaurante em uma árvore, encontrando empreiteiros e fornecedores exclusivamente pelas páginas amarelas da lista telefônica. O desafio pôde ser acompanhado ao vivo por uma câmera conectada à internet. A construção durou 66 dias e foi um sucesso, mas o restaurante funcionou por pouco tempo. Agora as instalações podem ser alugadas para eventos ocasionais.

Quadro 24

BONSAI

O bonsai é uma arte secular de moldar árvores em miniatura, cultivando-as em vasos rasos especiais. A própria palavra vem do japonês e significa "plantar em vaso raso". Mas os chineses foram responsáveis pela criação das árvores bonsai e pela composição de paisagens inteiras feitas com elas. Com o tempo, a tradição se espalhou da China para os países vizinhos, e os japoneses tornaram-na famosa em todo o mundo.

Para o bonsai, são selecionadas as espécies de árvores de crescimento lento, de folhas pequenas ou do tipo agulha. Após o transplante para um vaso adequado, o cultivador tenta retardar o crescimento da planta e dar-lhe a forma que ele planejou. Para isso, ele realiza muitos procedimentos complicados. Corta galhos e raízes que crescem muito rapidamente e amarra os outros com arame para que se dobrem na direção certa. Remove as folhinhas desnecessárias e outras partes da planta ou, pelo contrário, enxerta galhos novos onde não existiam, e, às vezes, até arranca a casca do tronco ou dos ramos, levando a madeira a morrer nestes locais – de modo que a arvorezinha pareça mais velha. Não se trata de fazer a planta se tornar grande e formosa, mas de se parecer com uma árvore de verdade, porém em miniatura.

Num bonsai tradicional, são particularmente valorizados os exemplares que representam um dos estilos estritamente definidos. O estilo *chokkan* exige que a árvore fique em posição de sentido, ou seja, que tenha um tronco reto e pontiagudo [12, 13]. Mais liberdade é proporcionada pelo *moyogi*, no qual a planta pode ser um pouco dobrada, mas basicamente tem de permanecer vertical [3, 6, 7]. No estilo *shakan*, a árvore é fortemente inclinada para um lado [2], no entanto, não pode dar a impressão de que está prestes a tombar, o que demanda que as raízes que dão apoio fiquem visíveis. As plantas no estilo cascata (*kengai*) e meia cascata (*han-kengai*) ficam penduradas. A diferença é que no *han-kengai* a arvorezinha não passa da altura do fundo do vaso [11], enquanto no *kengai* ela pende para baixo do vaso, então é necessário colocá-la num suporte especial [4].

Os artistas experientes de bonsai também tentam recriar outras formas encontradas na natureza, tais como uma árvore moldada por fortes vendavais [5], e os ornamentos adicionais incluem flores [6], frutos [9] ou raízes expostas intencionalmente [1, 9]. No caso das figueiras em miniatura [14], também incluem as raízes que pendem dos galhos (ver quadro 4). Uma novidade são os potes magnéticos especiais que permitem que as árvores em miniatura flutuem no ar [8, 10].

As árvores, na natureza, assumem diferentes formas, e isso não se dá por acaso. Numa floresta densa, elas tentam crescer o mais alto possível, para que seus vizinhos não lhes tapem a luz. Seus troncos são retos e esbeltos, e suas copas estão geralmente bem acima do solo, porque somente lá em cima há luz suficiente para que valha a pena o brotamento das folhas. Os galhos mais baixos, que ficam na sombra, deixam de ser necessários, então eles secam e caem (daí haver tantos ramos e folhas no solo de um bosque). Uma árvore que cresce sozinha não precisa crescer demais; em vez disso, ela prefere desenvolver uma copa ampla, para que toda a superfície folhosa possa capturar o máximo possível de raios solares. Contudo, se ela cresce numa savana africana, é ameaçada por incêndios e herbívoros famintos, por isso, ali, a acácia assume uma forma semelhante à de um guarda-chuva: os galhos e as folhas laterais aparecem apenas a alguns metros acima do solo, onde não chegam nem as línguas do fogo nem os dentes das zebras (com relação às girafas, não há o que fazer).

As pessoas têm uma fraqueza particular por árvores com silhuetas incomuns e surpreendentes. Muita gente imediatamente associa a palavra "choupo" a uma árvore esbelta, de copa estreita e com ramos quase verticais. No entanto, somente o choupo-italiano tem esse formato. Ele é uma variedade do choupo-preto (*Populus nigra*), que originalmente só crescia no vale do rio Pó, na Itália, e que agora é amplamente cultivado em muitos países. As árvores com uma silhueta "chorona", ou seja, com galhos notavelmente pendurados, são também muito raras na natureza. O salgueiro-chorão (*Salix babylonica*), popular nos parques e jardins, foi criado artificialmente por meio do cruzamento de espécies com características específicas.

No entanto, somente os procedimentos de cultivo não são suficientes para dar à árvore a forma de uma bola perfeita, de um parafuso ou de um coelho gigante. Quem sonha ter tal decoração no jardim deve procurar uma tesoura de poda. O corte das pontas dos brotos impede que eles se alonguem mais, o que é compensado pela planta com a produção de mais brotos laterais, tornando a sua copa mais espessa. A topiaria é o nome da arte de "esculpir folhagens", e o exemplo mais conhecido da aplicação dessa técnica são as sebes: elas são formadas, por exemplo, por carpinos e teixos, ou seja, plantas que em outras condições poderiam se tornar árvores altas. Os verdadeiros mestres da topiaria são capazes de esculpir as formas mais imaginativas a partir de árvores e arbustos e podem formar labirintos fantásticos. O maior desses labirintos pode ser visitado na cidade chinesa de Ningbo: ele cobre uma área de quase cinco campos de futebol e seus caminhos têm mais de oito quilômetros de comprimento.

TOPIARIA: A ARTE DA PODA

Quadro 25

A ÁRVORE DA VIDA DE DARWIN

É difícil imaginar organismos mais diferentes entre si do que pessoas e árvores e, no entanto, somos parentes, porque todos os seres vivos na Terra provêm de um único organismo primitivo.

Os antigos filósofos já suspeitavam que as diferentes espécies surgiram gradualmente no mundo, umas sendo criadas a partir das outras. Mas foi apenas no século XIX que o estudioso britânico Charles Darwin explicou esse fenómeno. Resumindo, o ambiente em que vivemos está em constante mudança, e só os que se adaptam a ela conseguem sobreviver. É por isso que os organismos continuam a desenvolver novas características e a transmiti-las à sua descendência, dando assim origem a novas espécies: é disso que se trata a evolução.

Darwin comparou o surgimento de novas espécies com o crescimento das árvores. O antepassado comum de todos os seres vivos era como uma semente da qual germinou um único broto. A primeira ramificação do broto simboliza a divisão em dois grupos separados, mas semelhantes, de organismos. A partir desses grupos, criaram-se outros, levando a um aumento do número de galhos, que em centenas de milhões de anos se tornaram os principais ramos da árvore da vida. De um ramo cresceram todas as bactérias; do segundo, as plantas; do terceiro, os fungos, e assim por diante.

Para simplificar, apenas o ramo animal é mostrado na ilustração. Supõe-se que seu antepassado comum se assemelhava a algo entre uma esponja e uma cnidária pré-histórica, como a *Haootia*. Cada nova ramificação significa que um grupo de animais se dividiu em outros dois. Por exemplo, no canto superior esquerdo, podemos ver que do inseto ancestral originaram-se os ramos nos quais hoje se incluem as borboletas e os besouros. Um pouco mais abaixo encontra-se o ponto em que os insetos se separaram dos crustáceos, como o caranguejo. A ilustração também mostra claramente que o homem não provém nem de um neandertal nem de um gorila: ambos são apenas nossos primos, e o nosso ancestral comum extinto é visível como uma ramificação na árvore.

Na teoria de Darwin, os brotos verdes representam as espécies que vivem hoje, enquanto os ramos murchos e sem folhas são organismos já extintos. Alguns, como os trilobitos, estão extintos há centenas de milhões de anos; outros, como o lobo-da-tasmânia, foram exterminados muito recentemente. A copa da árvore de Darwin, no entanto, ainda continua verde. A vida na Terra já conseguiu passar por cataclismos muito piores do que aqueles que os seres humanos ocasionam hoje em dia.

besouro
borboleta
pica-peixe (*Alcedo atthis*)
galo
avestruz
tiranossauro
caranguejo
aranha
trilobito
estegossauro
octópode
amonite
caracol
zenaspis (peixe sem mandíbula)
ostra
minhoca
água-viva
coral
Haootia (cnidária extinta)

Quadro 26

- serpente
- arqueópterix (conhecido como a primeira ave)
- gorila
- homem de Neandertal
- *Homo sapiens*
- leão
- golfinho
- tartaruga
- lobo-da-tasmânia
- elefante
- canguru
- sapo
- salamandra
- ichthyostega (peixe-talhado)
- diplocaulos (anfíbio)
- lúcio
- carpa
- arraia
- *Dunkleosteus* (peixe)
- tubarão
- *Siphonia* ou sifão (esponja extinta)
- estrela-do-mar
- *Aplysina* (esponja atual)

A genealogia é uma ciência que se ocupa do estudo do parentesco entre as pessoas. Em outras palavras, determina quem era o marido de alguém e quem era a avó, o tio, a cunhada etc. É claro que normalmente conhecemos os membros da nossa família, mesmo que apenas de nome ou por histórias, de duas ou até de três gerações anteriores. Mas saber, por exemplo, quem era a irmã do seu tataravô, que viveu há 150 anos, pode não ser algo tão simples. Geralmente, quem nos ajuda nessa tarefa são os documentos antigos: as certidões de casamento, bem como os livros de registro, nos quais se pode verificar onde alguém viveu, e, às vezes, também os livros paroquiais, que registram, entre outros fatos, os batizados e os funerais.

Com base nessas informações, é possível organizar uma árvore genealógica. A ilustração mostra a história de oito gerações de uma família. A árvore tem início com Jan Zalewski e sua esposa Maria Zalewska, que, quando solteira, tinha o sobrenome Kos. Os galhos que se afastam do tronco principal levam aos seus seis filhos. Quatro dos filhos de Jan e Maria se casaram e, por isso, ao lado deles estão os retratos dos respectivos cônjuges. Se um casal tinha filhos, o galho seguia adiante, mostrando a geração seguinte. No passado, as árvores desse tipo eram feitas principalmente para as famílias nobres. No geral, incluíam apenas os homens que tinham o direito de usar o nome da família e seu brasão de armas. As filhas e os descendentes delas não eram incluídos.

Uma árvore genealógica frequentemente presente na arte, em especial na Idade Média, é a de Jessé, que mostra a origem de Jesus. Na base do tronco está o bíblico Jessé porque, de acordo com a profecia do Antigo Testamento, era da família dele que viria o Messias. Nos galhos há imagens de sucessivos descendentes de Jessé, incluindo os reis Davi e Salomão, bem como o carpinteiro José, até chegar a Jesus. Os chineses, por sua vez, mantêm há séculos o registro dos descendentes do grande pensador Confúcio, que viveu há 2.500 anos. A lista foi atualizada pela última vez em 2009, quando consistia, então, de oitenta volumes que continham cerca de 2 milhões de nomes.

As árvores genealógicas também são utilizadas na medicina. Nesse caso, o tronco é o paciente, enquanto os galhos representam seus irmãos, pais, avós etc., com observações sobre os membros da família que têm alguma enfermidade. Isso permite avaliar o risco de o paciente desenvolver doenças genéticas ou aquelas de predisposição hereditária, tais como as doenças cardíacas, o câncer e certos males psíquicos.

Quadro 27

ÁRVORE GENEALÓGICA

- Franciszek Zalewski
- Julia Zalewska
- Antoni Zalewski
- Santiago Arenas Urbonaitė
- Luciana Arenas Urbonaitė
- Paweł Zalewski
- Alicja Kruk
- Julia Malinowska
- Miguel Arenas García
- Daiva Urbonaitė
- Tomasz Zalewski
- Joanna Kot
- Bartosz Malinowski
- Katarzyna Zalewska
- Milda Urbonaitė
- Maciej Zalewski
- Jakub Zalewski
- Joanna Domańska
- Jonas Urbonas
- Audra Butkutė
- Lukas Urbonas
- Algirdas Urbonas
- Józef Zalewski
- Barbara Kozłowska
- Swiettana Iwanowna Popowa
- Vytautas Urbonas
- Karolina Górska
- Antoni Zalewski
- Iwan Anatoljewicz Popow
- Alina Stiepanowna Wasiljewa
- Izabela Lipińska
- Ignacy Zalewski
- Zofia Zalewska
- Anatolij Iljicz Popow
- Jan Zalewski
- Emilia Zalewska
- Piotr Zalewski
- Tatiana Anatoljewna Popowa

AS ÁRVORES NAS RELIGIÕES

De acordo com a Bíblia, a história da humanidade começou no Jardim do Éden – ou seja, em meio às árvores. Adão e Eva caminhavam à sombra delas, provando os frutos colhidos diretamente dos galhos. Deus apenas os proibiu de comer os frutos da árvore do conhecimento a respeito do bem e do mal. Mas, de acordo com essa narrativa, os primeiros seres humanos foram desobedientes: Eva se deixou seduzir pela serpente astuta, e Adão sucumbiu à persuasão de Eva – e ambos provaram do fruto proibido. Imediatamente compreenderam o que era certo e o que era errado, e pareceu-lhes inapropriado estarem sem roupas. Envergonhados, rapidamente cobriram a sua nudez com folhas de figo. É assim que sabemos que havia figueiras no Jardim do Éden. Mas a Bíblia não menciona em lugar nenhum a que espécie pertencia a árvore do conhecimento do bem e do mal. Pode ser que fosse a única de sua espécie, embora tenha se decidido representá-la como uma macieira.

Os frutos da árvore, segundo a visão do profeta mórmon Leí, tinham propriedades completamente diferentes: eles simbolizavam o amor de Deus, e comê-los enchia a alma de alegria. Para chegar à árvore, as pessoas seguiam por um caminho estreito num denso nevoeiro, e só não se perdiam aquelas que seguiam segurando a barra de ferro que acompanhava todo o caminho e que simbolizava a palavra de Deus. O Corão, o livro sagrado do Islã, fala da árvore Zaqqum, que cresce no inferno. Os condenados devem comer suas frutas, cujo sumo, depois, queima em suas barrigas como água fervente.

Em muitas religiões retoma-se o tema de uma árvore gigante que está no centro do mundo, como é o caso da mitologia dos siberianos: a ponta da árvore segura o céu, tal como uma estaca suporta a lona de uma tenda, que é a moradia tradicional dos habitantes daquelas regiões. De acordo com algumas versões desse mito, aqueles que escalam até o topo de uma árvore podem chegar à misteriosa terra celestial. Outras crenças tão surpreendentes quanto essa podem ser encontradas no outro extremo do mundo, como entre os indígenas da América do Sul. Uma das esculturas em relevo deixadas pelos maias retrata uma árvore que tem oito galhos que alcançam o céu e doze raízes que chegam às águas do mundo subterrâneo.

No entanto, uma árvore ir do céu ao inferno não é nada quando comparada à Yggdrasil, a enorme árvore da mitologia escandinava que se conecta a nove mundos. Dois deles são Midgard (o mundo humano) e Asgard (a terra dos deuses), entre os quais existe uma ponte adicional em forma de arco-íris. No topo da Yggdrasil há uma águia sentada, e a raiz da árvore é mordida por um dragão. Entre a águia e o dragão está sempre correndo um esquilo, que lhes conta fofocas maliciosas e, dessa maneira, aumenta a aversão que existe entre eles.

As árvores sagradas estão presentes, há milhares de anos, em várias religiões em todo o mundo. Muito antes da construção da primeira pirâmide, catedral ou minarete, as pessoas já adoravam deuses, espíritos ancestrais ou forças naturais aos pés dessas majestosas plantas.

A figueira-dos-pagodes é uma árvore sagrada de duas grandes religiões indianas: o budismo e o hinduísmo. Podemos perceber isso até em seu nome, tanto em português (pagode é a torre de um templo budista) como em latim, como são grafados os nomes científicos – *Ficus religiosa*. De acordo com a tradição, Buda meditou durante 49 dias embaixo de uma árvore dessa espécie antes de receber a iluminação (ver a ilustração). Esse acontecimento deu origem ao budismo há 2.500 anos. Dois séculos mais tarde, o imperador Asoka construiu um templo próximo à árvore, que – embora tenha sido, mais tarde, completamente reconstruído – é ainda hoje um destino de peregrinação. A seus pés cresce uma figueira-dos-pagodes, que dizem ser uma descendente direta da árvore original de Buda. Asoka também enviou uma muda da árvore sagrada para o Sri Lanka, onde, em 288 a.C., foi plantada em Anuradapura. Hoje, ela é a árvore mais antiga do mundo com uma data de plantio conhecida e continua cercada de adoração religiosa.

Na Europa, as árvores e os bosques isolados desempenharam um papel significativo nas crenças dos povos pagãos. Os missionários cristãos, no entanto, mandaram cortar as árvores "pagãs" e construir igrejas em seu lugar. São Bonifácio é considerado o responsável por derrubar o carvalho Donar venerado pelos alemães, e Santo Adalberto foi designado para liderar o abate de árvores, em nome de Deus, nas terras prussianas.

No entanto, ocorre também de crentes de diferentes religiões partilharem árvores maravilhosas pacificamente. Uma variedade incomum de espinheiro-branco provém da cidade inglesa de Glastonbury. Ele é incomum porque floresce duas vezes por ano – na primavera, como as outras plantas, e também por volta do Natal. Segundo a lenda, o primeiro espinheiro-branco de Glastonbury cresceu a partir de uma vara de madeira enfiada no chão por São José de Arimateia após sua chegada à Inglaterra. As origens lendárias e a época festiva de floração adicional fazem dos espinheiros-brancos, especialmente os que crescem próximos à Igreja de São João, árvores importantes para os cristãos locais. Nos últimos anos, tornaram-se também um objeto de culto para os pagãos contemporâneos, que são cada vez mais numerosos no Reino Unido. Pois é, a história gosta de dar voltas, e as árvores vivem tempo suficiente para assistir a tudo.

ÁRVORES SAGRADAS

FLORESTAS LENDÁRIAS

A floresta sempre pareceu misteriosa para as pessoas e um estímulo para a imaginação. Lá onde as construções e as terras agrícolas terminavam, estendia-se um reino selvagem sobre o qual o homem não tinha poder. Nas lendas de todo o mundo, as florestas estão cheias de lugares encantados, animais falantes, unicórnios, elfos, trols, dríades, fantasmas e bruxas. São muitos os perigos para os bravos e destemidos que vagueiam pela escura floresta de carvalhos, pela mata selvagem ou pela taiga gelada. No entanto, se mostrarem coragem, astúcia e não sucumbirem a várias tentações, podem encontrar tesouros escondidos, objetos mágicos ou mesmo o amor de sua vida.

Aqueles que percorrem a floresta devem, antes, mostrar respeito por seus habitantes e observar as leis do lugar. Ao ler os contos de fadas dos irmãos Grimm, aprendemos que, se encontrarmos uma casa feita de pão de mel no meio da mata, não devemos, em hipótese alguma, começar a comê-la, ou poderemos ser nós mesmos devorados pela bruxa que mora lá. João e Maria por pouco não tiveram um destino parecido. Na selva amazônica, é preciso ter cuidado onde se faz xixi, porque fazer as necessidades debaixo da árvore errada pode trazer uma terrível maldição para a pessoa: sua barriga vai inchar rapidamente e arrebentar, a não ser que a árvore a perdoe a tempo. Punições terríveis também esperam pelos atrevidos que matam animais ou destroem plantas sem necessidade, e em quase todas as culturas se acreditava na existência de misteriosos protetores das florestas. No Brasil, era o Curupira, um homenzinho de cabelo ruivo com os pés voltados para trás, o que dificultava seguir o seu rastro. As florestas eslavas eram guardadas por Borowy, também conhecido como Lechy. Ele obtinha sua força das árvores, por isso, quanto mais velha e colossal era a floresta, mais alto e mais forte era Borowy. Logo, podemos imaginar que, hoje em dia, ele já não seja tão grande assim...

A floresta, como lugar aonde não chegava o poder da lei, era também um abrigo ideal para todos os tipos de bandidos. A maioria deles era gananciosa e cruel, como os quarenta ladrões da história de Ali Babá. Mas também havia pessoas como Robin Hood e os seus alegres companheiros, que só roubavam dos ricos para dar aos pobres, além de defendê-los em caso de necessidade. Esse bondoso bando respeitava não as ordens do rei, mas, sim, as leis de sua própria casa – a floresta de Sherwood. Numa das versões da lenda, o próprio Herne, o caçador, o misterioso deus chifrudo da floresta, era o guardião de Robin Hood.

Embora possamos dizer muitas coisas quase inacreditáveis sobre as árvores de verdade, as pessoas sempre gostaram de inventar histórias em que esses seres se tornam ainda mais fantásticos. Nos mitos, lendas e fábulas, as árvores costumam ser inteligentes e podem até falar e se deslocar de um lugar para outro. Na Grécia Antiga, era muito famoso o carvalho sussurrante de Dodona. Os sacerdotes que viviam no templo que circundava o carvalho podiam ouvir as palavras de Zeus no farfalhar de suas folhas, respondendo às perguntas dos peregrinos. Conta-se também que uma árvore que crescia na Índia tinha grande sabedoria e falava com voz masculina durante o dia e com voz feminina à noite. Até o próprio Alexandre, o Grande, seguia seus conselhos.

A árvore Jinmenju era completamente diferente dessas, porque não era nem um pouquinho séria. De acordo com uma lenda japonesa, ela crescia na China, e seus frutos tinham a forma de cabecinhas humanas, mas, na verdade, não diziam nenhuma palavra. Em vez disso, viviam dando gargalhadas. Às vezes, com suas risadas, sacudiam tanto a árvore que acabavam caindo dos galhos. Mas, se por um lado, na pior das hipóteses, o perigo num encontro com Jinmenju era um ataque de riso, por outro, com uma criatura arbórea diferente nas lendas japonesas, o perigo era a morte. Estamos falando de Jubokko, e qualquer árvore poderia se transformar em Jubokko se a seus pés houvesse ocorrido uma batalha. O sangue dos mortos ensopava o solo e ia para as raízes. Uma vez que a árvore provasse o sangue, já não queria mais beber água: ela se tornava uma árvore-vampira e, pelo resto da vida, capturava os viajantes descuidados para sugar-lhes o sangue.

Não menos aterrorizante era a árvore comedora de gente de Madagascar. Foi descrita pela primeira vez por Edmund Spencer, em 1874, baseando-se no relato do viajante alemão Karl Liche, que registrou ter assistido ao povo da tribo Mkodo oferecer uma mulher em sacrifício para a terrível árvore, que então a enlaçou com seus galhos e a devorou. Os jornais logo publicaram esse relato sensacional. Muito tempo se passou até que provassem que Edmund Spencer tinha inventado não só a árvore antropófaga como também o alemão Karl Liche e a tribo Mkodo.

No livro *O Senhor dos Anéis*, do escritor inglês J. R. R. Tolkien, as árvores-criaturas distinguem-se por seu caráter essencialmente pacífico. Esses seres ancestrais, que parecem o resultado de um cruzamento entre pessoas e árvores, viviam na Floresta de Fangorn e normalmente não se intrometiam nos assuntos das pessoas, dos anões e dos orcs, a não ser que alguém machucasse as árvores que elas protegiam. Nesse caso, sua ira era implacável.

CRIATURAS ARBÓREAS

Quadro 31

O PODER DA NATUREZA

Há milhares de anos, quase toda a Europa estava coberta por uma densa floresta e, se não fosse pelas atividades humanas, teria continuado assim. Nossos antepassados foram cortando gradualmente as florestas primitivas para obter terras para a lavoura. A mesma coisa aconteceu em muitas outras partes do mundo. Hoje em dia, as árvores só crescem onde as pessoas permitem. Mas, se não as restringíssemos, elas voltariam certamente aos seus antigos lugares.

Isso ocorre porque as árvores têm, sem dúvida, o poder superior da vida. Muito antes de o homem aparecer na Terra, elas já tinham ganhado a competição com outras plantas. No mundo todo, ocuparam os melhores lugares para viver, e as outras espécies tiveram de se satisfazer em ficar debaixo dos seus galhos, ou em áreas demasiado frias ou secas para se tornarem florestas. As árvores também foram capazes de lidar sem qualquer problema com as nossas batatas, trigo, grama, concreto e asfalto. Só que as pessoas estão pulverizando os campos com herbicidas, não permitem que as árvores cresçam nos prados e arrancam as plantas jovens que crescem entre as pedras das calçadas.

Como seria se voltássemos a dar liberdade às árvores? Podemos ter uma ideia disso observando as ruínas do templo de Ta Prohm, no Camboja. Ele foi construído em 1186, na época em que o Império Khmer florescia. Sua capital, Angkor, era então a maior cidade do mundo. Os pesquisadores estimam que ocupava mais de mil quilômetros quadrados, ou seja, o mesmo tamanho que ocupa hoje a cidade do Rio de Janeiro. Mas, no século XV, o império desmoronou, e inúmeros e belos templos foram deixados à própria sorte. As árvores começaram gradualmente a regressar à sua antiga localização. No final do século XX, quando finalmente resolveram restaurar os monumentos destruídos, as paredes de pedra das construções já eram praticamente parte da selva. A maioria dos templos foi reconstruída e restaurada de acordo com sua aparência anterior. No entanto, as antiguíssimas árvores que entrelaçaram suas poderosas raízes com as ruínas do templo Ta Prohm eram tão pitorescas que se decidiu por preservá-las.

Hoje em dia, esse lugar incomum é visitado por multidões de turistas de todo o mundo. Para muitos deles, mais interessante do que a história do templo é o fato de ele ter sido cenário do filme *Lara Croft: Tomb Raider*. Mas, sem levar em consideração por que motivo diferentes pessoas visitam essas ruínas dominadas pela selva, uma coisa certamente encanta a todos: a tenacidade e o poder da natureza. Quem sabe em mil anos Nova York, Paris ou Pequim não terão também esse aspecto?

Quadro 32

A FLORESTA PRIMÁRIA

Muitas pessoas pensam que, se fossem plantadas novas árvores no local onde uma floresta foi cortada, seria como se nada tivesse acontecido. Esse modo de pensar levou as florestas primitivas, ou seja, naturais, inalteradas pelo homem, a tornarem-se uma raridade hoje em dia, na Europa e em muitas outras partes do mundo. No lugar delas, surgiram numerosas culturas florestais, algo que nem de longe se parece com uma floresta, pois não passa de um campo. Nelas são cultivados pinheiros para depois serem usados como madeira, da mesma forma como se cultiva o trigo para depois usar os grãos.

A floresta primária é constituída por árvores de diferentes idades. Isso cria excelentes condições de alojamento para os animais. Eles se escondem nas jovens e densas arvorezinhas, cavam tocas entre suas raízes espessas, passam a vida nas copas frondosas das árvores ou fazem ninhos nas cavidades que se formam nos troncos velhos em decomposição. O cultivo florestal, por sua vez, é quase sempre formado por aqueles mesmos pares plantados em filas iguais. Muitas vezes, todas as árvores no cultivo pertencem à mesma espécie, o que torna o ambiente ainda menos diversificado, e apenas algumas plantas e animais podem encontrar ali condições adequadas para viver. Além disso, as árvores são cortadas com algumas dezenas de anos, ou seja, antes de envelhecerem. Assim, restam muito poucas cavidades e só é possível, no máximo, pendurar casinhas para as aves fazerem ninhos nos galhos. Há também uma escassez de troncos mortos, em decomposição, que, numa floresta natural, são o *habitat* de muitos organismos, como insetos e fungos.

A floresta primária cuida de si mesma. As árvores velhas caem e no lugar delas crescem as novas. O número de plantas, herbívoros e predadores permanece constantemente em equilíbrio. O cultivo florestal, por outro lado, requer intervenção humana quase contínua. As árvores jovens plantadas maciçamente precisam ser cobertas com plástico. Caso contrário, os herbívoros ficariam à espera das grandes quantidades de brotos jovens e saborosos e comeriam todos eles. Uma floresta artificial, na qual cresce apenas uma espécie arbórea, também pode muito facilmente ser vítima de pragas. Os próprios nomes de tais insetos, como a mosca-do-pinheiro ou a traça-do-pinheiro, indicam suas preferências alimentares. Uma floresta formada só de pinheiros é um paraíso para esses insetos: não precisam fazer nada, basta comer e se multiplicar. Para lidar com isso, as pessoas usam produtos químicos, mas eles também matam os insetos úteis para a floresta.

Por isso, às vezes, pode até haver muitas árvores à nossa volta, mas, para conhecermos uma floresta de verdade, temos de ir até as áreas protegidas nos parques estaduais ou nacionais.

Segundo o velho ditado, um homem deveria fazer três coisas na vida: gerar um filho, construir uma casa e plantar uma árvore. Essa filosofia mostra como é forte nas pessoas a necessidade de deixar no mundo algo que perdure depois delas. Os pais se esforçam muito para criar seus filhos, aos quais passam uma parte de si mesmos – os genes, o sobrenome e seus valores. Muito depois de sua morte, essa partícula vai passar de geração em geração. Uma casa solidamente construída também pode durar muito mais do que o seu construtor, e uma árvore saudável e forte viverá várias centenas de anos em condições favoráveis.

Também podemos olhar para essas três recomendações como um chamado ou um incentivo para pagar a dívida acumulada. Eis uma pessoa que já foi uma criança, ela mesma se torna depois pai ou mãe e transmite adiante o amor e os cuidados que recebeu de seus pais. Constrói uma casa para as gerações futuras da mesma forma como outros construíram a casa da família dela ou a escola que frequentou. E como usufruiu dos dons da natureza durante toda a vida, agora tenta retribuir plantando pelo menos uma árvore simbólica.

Wendell Berry, um escritor, poeta e defensor ambiental norte-americano, escreveu em um de seus livros que as pessoas não recebiam o mundo de seus pais, mas o pediam emprestado a seus filhos. Essa citação rapidamente se tornou popular, embora – provavelmente para lhe dar mais prestígio – seja comumente apresentada como um antigo provérbio, geralmente indiano. Contudo, independentemente da origem dessas palavras, vale a pena repeti-las, porque, durante séculos, as pessoas não deram atenção especial a que tipo de mundo deixariam depois que morressem. Nossos machados cortam enormes extensões de floresta, nossas espingardas exterminam muitas espécies, nossas cidades envenenam a água e o ar. Nesse aspecto, não somos muito diferentes de outras criaturas – todas elas tentam tirar o máximo possível do meio ambiente. O problema é que, hoje em dia, graças à tecnologia, podemos tirar quase tudo do ambiente.

Precisamos de madeira para construir casas para os nossos filhos. Mas nossos filhos precisam igualmente de uma floresta que dará madeira para as futuras gerações, bem como proporcionará o deleite delas com a riqueza das plantas e dos animais. Então, vamos plantar árvores! Vamos pensar duas vezes antes de cortar uma árvore. A floresta de nossos antepassados é nossa dívida para com nossos filhos, uma floresta cheia de sequoias de milhares de anos.

Na ilustração, uma imensa sequoia-gigante um pouco antes de ser abatida (Estados Unidos, na virada do século XIX para o XX).

ÁRVORES PARA OS NOSSOS FILHOS

Quadro 34

Esta obra foi publicada originalmente em polonês com o título DRZEWA, em 2018, por Wydawnictwo Dwie Siostry, Varsóvia.
Copyright © 2018, Piotr Socha, para o texto e ilustrações.
Copyright © 2021, Editora WMF Martins Fontes Ltda., São Paulo, para a presente edição.
Todos os direitos reservados. Este livro não pode ser reproduzido, no todo ou em parte,
armazenado em sistemas eletrônicos recuperáveis nem transmitido por nenhuma forma ou meio eletrônico,
mecânico ou outros, sem a prévia autorização por escrito do editor.

1ª edição 2021
3ª tiragem 2023

Tradução
Eneida Favre

Revisão técnica
Paolo A. R. Sartorelli

Acompanhamento editorial e preparação de texto
Richard Sanches

Revisões
Tatiana Tanaka
Randy Saraiva

Produção gráfica
Geraldo Alves

Paginação
Lilian Mitsunaga

Dados Internacionais de Catalogação na Publicação (CIP)
(Câmara Brasileira do Livro, SP, Brasil)

Socha, Piotr
  Árvores / Piotr Socha, Wojciech Grajkowski ; tradução Eneida Favre. -- São Paulo :
Editora WMF Martins Fontes, 2021.

  Título original: Drzewa
  ISBN 978-65-86016-86-4

  1. Árvores - Literatura infantojuvenil 2. Literatura infantojuvenil I. Grajkowski, Wojciech.
II. Título.

21-74574 CDD-028.5

Índices para catálogo sistemático:
1. Árvores : Literatura infantil 028.5
2. Árvores : Literatura infantojuvenil 028.5

Cibele Maria Dias - Bibliotecária - CRB-8/9427

Todos os direitos desta edição reservados à
Editora WMF Martins Fontes Ltda.
Rua Prof. Laerte Ramos de Carvalho, 133   01325-030   São Paulo   SP   Brasil
Tel. (11) 3293-8150
e-mail: info@wmfmartinsfontes.com.br   http://www.wmfmartinsfontes.com.br